COLLECTION CHARLES STEIN

OBJETS D'ART

DE HAUTE CURIOSITÉ ET D'AMEUBLEMENT

VENTE A PARIS, 8, RUE DE SÈZE, 8

(GALERIE GEORGES PETIT)

Les 10, 11, 12, 13 et 14 Mai 1886, à 2 heures

Mᵉ PAUL CHEVALLIER	M. CHARLES MANNHEIM
COMMISSAIRE-PRISEUR	EXPERT
10, rue de la Grange-Batelière.	rue Saint-Georges. 7.

RÉSUMÉ DU CATALOGUE

MOYEN AGE ET RENAISSANCE

SCULPTURES

1 — Bois. Tau du xiiie siècle.
2 — Bois peint. Saint Jean et la Madeleine.
3 — Buis. Médaillon ovale. Hercule et Antée.
4 — Buis. Peigne sculpté.
5 — Bois. Groupe : Saint Michel.
6 — Buis. Groupe de deux figures de moines.
7 — Buis. Statuette de prophète.
8 — Chêne. Groupe : la Vierge assise.

9 — CHÊNE. Support-applique balustre.
10 — CHÊNE. Façade de monument gothique.
11 — BOIS. Haut-relief : Sᵗ Jacques et Sᵗ Michel.
12 — CHÊNE. Sainte Catherine.
13 — CHÊNE. Sainte Cécile.
14 — CHÊNE. Deux figures-appliques : Sⁱᵉˢ femmes.
15 — IVOIRE. Bas-relief; scènes de l'Ancien Testament.
16 — IVOIRE. Bas-relief : le Baptême du Christ.
17 — IVOIRE. Plaque : le Christ et le paralytique.
18 — IVOIRE. Bas-relief : l'Ange de la Résurrection.
19 — IVOIRE. Quatre bas-reliefs : les Évangélistes.
20 — IVOIRE. Bas-relief : la Vierge assise.
21 — IVOIRE. La Vierge et l'Enfant Jésus, reliquaire.
22 — IVOIRE. La Vierge et l'Enfant Jésus.
23 — IVOIRE REHAUSSÉ DE PEINTURE. Tableau d'autel.
24 — IVOIRE. Nœud de crosse.
25 — IVOIRE. Volute de crosse.
26 — IVOIRE. Fragment de volute de crosse.
27 — IVOIRE. Disque : l'Adoration des Mages.
28 — IVOIRE. Bas-relief représentant la Crèche.
29 — Os. Plaque : Saint Jean l'Évangéliste.
30 — Os. Coffre sculpté : Combats du cirque.
31 — Os. Boîte sculptée : sujets champêtres.
32 — Os. Boîte analogue.
33 — Os. Plaque de reliure.
34 — MARBRE BLANC. Sᵗᵉ Catherine de Sienne.
35 — MARBRE BLANC. Bas-relief : un ange.
36 — MARBRE BLANC. Statue de saint Jean.
37 à 40 — MARBRE. Quatre bustes grandeur nature.
41 — MARBRE BLANC. Les Quatre Sibylles.
42 — MARBRE BLANC. Buste de jeune fille.
43 — MARBRE BLANC. Bas-relief : l'Abondance.

44 — MARBRE TENDRE. Trois figures de moines.
45 — MARBRE TENDRE. La Vierge et l'Enfant Jésus.
46 — MARBRE TENDRE. Figure-applique de femme.
47 — ALBATRE. Haut-relief représentant la Cène.
48 — ALBATRE. Tableau monumental.
49 — ALBATRE. Deux cariatides de femmes.
5o — PIERRE PEINTE. Bas-relief de cinq personnages.
51 — CIRE PEINTE. Sainte femme couchée.
52 — ÉCAILLE. Peigne gravé et découpé.

ÉMAUX CHAMPLEVÉS

53 — Mors de cheval et médaillon quadrilobé.
54 — Crosse en cuivre champlevé et émaillé.
55 — Crosse en cuivre champlevé et doré.
56 — Navette à encens en cuivre rouge battu.
57 — Deux flambeaux à pied triangulaire.
58 — Deux flambeaux en cuivre champlevé.
59 — Pied de croix en cuivre champlevé.
6o — Plaque de reliure, en cuivre champlevé.
61 — Plaque ronde en cuivre champlevé et émaillé.
62 — Plaque ronde en cuivre champlevé et émaillé.
63 — Neuf plaques quadrilobées en cuivre champlevé.

ÉMAUX DE LIMOGES

64 — Plaque d'argent attribuée à *N. Pénicaud.*
65 — Plaque. Grisaille, par *Jean II Pénicaud.*
66 — L'AUTOMNE. Grisaille, par *Jean II Pénicaud.*
67 — Plaque de *Jean II Pénicaud.* Saturne.
68 — LA MADELEINE. Grisaille, par *Jean II Pénicaud.*

69 — Enseigne de chapeau. Grisaille sur fond noir.
70 — Enseigne de chapeau, attribuée à *J. Courtois*.
71 — LA VIERGE. Par *Léonard Limousin*.
72 — LE TRIOMPHE. Plaque rectangulaire.
73 — Enseigne de chapeau. Dessin rehaussé d'émaux.
74 — Vase à deux anses. Grisaille, par *P. Reymond*.
75-76 — Deux assiettes. Grisailles, par *P. Reymond*.
77 — Coffret avec plaques, par *P. Reymond*.
78 — Coupe ronde, par *Pierre Reymond*.
79 — Le Christ en croix, en émaux de couleurs.
80 — L'Annonciation, peinture de *Jean Limousin*.

FAIENCES

81 — GUBBIO. Pot, attribué à *Maestro Giorgio*.
82 — GUBBIO. Coupe ronde, décor à reflets.
83 — URBINO. Deux vases en forme de balustre.
84 — URBINO. Coupe décorée de figure allégorique.
85 — URBINO. Coupe d'accouchée.
86 — URBINO. Coupe décorée d'un buste de femme.
87 — URBINO. Coupe : Cadmus et le dragon.
88 — URBINO. Plat décoré d'un sujet de l'Énéide.
89 — URBINO. Personnage du temps de Henri II.
90 — FAENZA. Coupe piédouche bas. XVIe siècle.
91 — FAENZA. Coupe avec figure de Lucrèce.
92 — FAENZA. Plat dans le goût arabe.
93 — FABRIQUE ITALIENNE. Fragment de carreau.
94 — FABRIQUE ITALIENNE. Salière.
95 — TERRE ÉMAILLÉE. Naissance de la Vierge.
96 — FABRIQUE HISPANO-MAURESQUE. Amphore.
97 — FAÏENCE D'OIRON. Salière à trois colonnes.
98 — FAÏENCE DE BERNARD PALISSY. Deux salières.

— 5 —

VERRERIE ARABE

99 — Coupe en verre incolore.
100 — Lampe de mosquée arabe.

VERRERIE DE VENISE

101 — Buire en verre bleu.
102 — Buire en verre incolore.
103 — Bassin rond et évasé. Barcelone.
104 — Coupe ronde. Venise.
105 — Coupe ronde·en verre incolore.
106 — Gourde en verre bleuâtre.

VITRAUX

107 — Deux vitraux ovales en grisaille.
108 — Vitrail en grisaille : Scène de repas.
109 — Vitrail en grisaille : l'Enfant prodigue.
110 — Vitrail en grisaille : Histoire de Joseph.
111 — Vitrail en camaïeu brun. Suisse. XVIe siècle.
112 — Vitrail représentant un buste de trois quarts.
113 — Vitrail représentant le buste de Henri II.
114 — Vitrail : Histoire de Guillaume Tell.

SCEAUX

115 — Ivoire : *Henricus Pisanus de Periascio.*
116 — Argent : *Chapitre de l'église Notre-Dame-des-Oliviers, à Murat.*
117 — Bronze doré : *Monastère de saint Georges*
118 — Argent : *Église Saint-Pierre de Douai.*
119 — Argent : *Bourgeoisie d'Ysselstein.*

120 — Argent : *Marguilliers de la cathédrale d'Anvers.*
121 — *Scel aux causes de la ville d'Ysselstein.*
122 — Boîte à sceau en cuivre doré.

MANUSCRITS ET IMPRIMÉ

123 — *Prophéties sur les papes.*
124 — *Épistres d'Ouide translatées en François.*
125 — *Le Secret de l'histoire naturelle.*
126 — *Heures de la Vierge.*
127 — *Livre de prières.*
128 — *Divo Solimano invictissimo.*
129 — Cadran solaire dans une reliure de cuivre.
130 — Feuille d'antiphonaire avec lettre majuscule.
131 — *La Bible* (in-8º), imprimée à Diest en 1509.

ARMES ET FERS

132 — Demi-armure en fer.
133 — Cabasset en fer repoussé.
134 — Bouclier de même travail.
135 — Casque en fer repoussé.
136 — Paire de gantelets en fer repoussé et doré.
137 — Casque en bronze forme bourguignotte.
138 — Dos de cuirasse en bronze.
139 — Têtière de cheval en fer.
140 — Épée à lame à double tranchant.
141 — Dague à lame à double tranchant.
142 — Arbalète en bois sculpté, garniture en fer.
143 — Pulvérin en corne de cerf garni en argent.
144 — Pulvérin en corne de cerf gravée.
145 — Pommeau en bronze doré.
146 — Épée de chevet à garde ciselée.

147 — Fer de hallebarde à lame quadrangulaire.
148 — Meuble-cabinet.
149 — Plaque carrée en losange, en fer damasquiné.

BIJOUX

150 — Bague d'or ornée d'un nicolo antique.
151 — Custode circulaire, en argent doré.
152 — *Agnus Dei*, en argent doré.
153 — *Agnus Dei*, en argent gravé et doré.
154 — Anneau papal d'investiture, en bronze doré.
155 — Bijou-applique italien : Mars et Vénus.
156 — Médaillon or repoussé : Apollon et Marsyas.
157 — Monument de style gothique en or gravé.
158 — Bijou en or ciselé : la Résurrection.
159 — Bijou-pendentif formé d'un aigle.
160 — Pendentif en or : oiseau aux ailes éployées.
161 — Pendentif : oiseau fantastique.
162 — Pendentif : pélican en or ciselé et émaillé.
163 — Pendentif en or émaillé : panthère.
164 — Pendentif en or ciselé, émaillé : dauphin.
165 — Bague d'or émaillé ornée d'un saphir.
166 — Bijou formé d'une main d'ivoire.
167 — Bijou-pendentif formé d'une figurine d'amour.
168 — Peinture églomisée sur cristal de roche : St Paul.
169 — Vase simulant un flacon.
170 — L'Adoration des Mages, peinture églomisée.
171 — Médaillon : Deux peintures églomisées.
172 — Médaillon cristal de roche et or émaillé.
173 — Médaillon avec peintures sur cristal de roche.
174 — Reliquaire en cristal de roche.
175 — Pendentif : Saint-Esprit, monté en or émaillé.

176 — Médaillon en or émaillé : la Fuite en Égypte.
177 — Encadrement ovale en argent ciselé et doré.
178 — Crucifix en or portant des traces d'émail.
179 — Croix ouvrante en argent gravé et doré.
180 — Bracelet composé de onze noyaux sculptés.

MATIÈRES PRÉCIEUSES

181 — CRISTAL DE ROCHE : le Calvaire.
182 — CRISTAL DE ROCHE. Vase du XVIᵉ siècle.
183 — CRISTAL DE ROCHE. Coupe du XVIᵉ siècle.
184 — CRISTAL DE ROCHE. Coupe décorée de fruits.
185 — CRISTAL DE ROCHE. Coupe forme coquille.
186 — CRISTAL DE ROCHE. Deux burettes.
187 — CRISTAL DE ROCHE. Plateau ovale.
188 — CRISTAL DE ROCHE. Deux flambeaux.
189 — CRISTAL DE ROCHE. Boîtier de montre.
190 — JASPE HÉLIOTROPE. Coupe, monture en or.
191 — JASPE ROUGE DE SICILE. Petite coupe ronde.

ORFÈVRERIE

192 — Autel portatif du XVIᵉ siècle.
193 — Calice allemand en argent.
194 — Calice et sa patène en argent doré.
195 — Reliquaire en forme de grange.
196 — Reliquaire en cuivre battu.
197 — Reliquaire en cuivre repoussé et émaillé.
198 — Croix processionnelle en argent émaillé.
199 — Baiser de paix avec ornements en argent.
200 — Baiser de paix avec monture en cuivre doré.
201 — Calice en vermeil.

202 — Calice en argent doré, et sa patène.
203 — Réserve eucharistiale en argent gravé.
204 — Calice en argent doré en partie.
205 — Deux bas-reliefs en argent doré.
206 — Plateau rond en vermeil.
207 — Plateau rond, en argent repoussé et doré.
208 — Plateau rond, en argent repoussé et doré.
209 — Coupe ronde en argent repoussé et doré.
210 — Vidrecome en vermeil.
211 — Vidrecome à couvercle en argent doré.
212 — Hanap en argent doré.
213 — Boîte en argent : Mars, Vénus et l'Amour.
214 — Tasse à vin, en vermeil.

HORLOGERIE

215 — Horloge astronomique de la Renaissance.
216 — Nef en cuivre ciselé, gravé et doré.
217 — Horloge à cadran horizontal et système plané-
taire.
218 — Horloge horizontale en cuivre doré.
219 — Petite horloge carrée en cuivre gravé et doré.
220 — Montre, le pourtour et le cadran en argent.
221 — Montre ovale à cadran en argent émaillé.
222 — Montre en cristal de roche.

COFFRETS

223 — Coffret en bois, avec bas-reliefs en pâte.
224 — Coffre en bois, avec reliefs en pâte.
225 — Coffret en cuir gravé rehaussé de peinture.
226 — Coffre garni de ferrures.

227 — Coffret en bois sculpté rehaussé de dorure.
228 — Coffret en ébène, garni en argent ciselé.

BRONZES D'ART

229 — Mortier cylindrique.
230 — Buste d'Annibal Carvs, en bronze.
231 — Figure d'enfant nu assis : l'Innocence.
232 — Deux chenets en bronze : la Paix, la Guerre.
233 — Laocoon et ses fils.
234 — Deux urnes couvertes.
235 — Terme de femme à mamelles pendantes.
236 — Statuette-applique : l'Abondance.
237 — Écritoire formée d'une figurine de satyre.
238 — Écritoire formée d'une figure de satyre.
239 — Statuette : Amour debout.
240 — Plaquette offrant les figures des évangélistes.

OBJETS VARIÉS

241 — Triptyque, miniatures, la Vie du Christ.
242 — Statuette en bronze : Page agenouillé.
243 — Deux figurines de guerriers accroupis.
244 — Petite fontaine-applique en étain.
245 — Peigne en argent.
246 — Lustre gothique à huit lumières, en cuivre.
247 — Mitre du xvᵉ siècle.

MEUBLES EN BOIS SCULPTÉ

248 — Table Renaissance, en noyer sculpté.
249 — Table à rallonges, en noyer.
250 — Table à rallonges, en noyer sculpté.
251 — Meuble en noyer, forme *Du Cerceau*.

252 — Meuble *Du Cerceau*, en noyer sculpté.
253 — Crédence Louis XII, en noyer sculpté.
254 — Meuble à deux corps de style Renaissance.
255 — Bahut en noyer, avec bas-relief.
256 — Stalle en noyer sculpté, avec siège.
257 — Fauteuil en bois sculpté. xvie siècle.
258 — Cabinet en bois sculpté. xvie siècle.
259 — Cabinet analogue.
260 — Deux portes de meuble en noyer sculpté.
261 — Deux portes pliantes.
262 — Porte en bois sculpté, avec armoiries.

TABLEAUX

263 — ÉCOLE ITALIENNE : Trois saints personnages.
264 — HANS BALDUNG GRUN : Saint Michel.

XVIIe ET XVIIIe SIÈCLES

PORCELAINES DE SÈVRES

265 — Pendule Louis XV, à cadrans tournants.
266 — Vase pot pourri.
267 — Plaque rectangulaire : Buste de Louis XV.

PORCELAINES DE SAXE ET AUTRES

268 — Lustre en Saxe, à douze branches.
269 — Potiche en porcelaine de Saxe gaufrée.

270 — Le Char de Vénus. Groupe en Saxe.
271 — Cabaret en porcelaine de Saxe.
272 — Deux vases en porcelaine de Chelsea.

PORCELAINES DE CHINE ET DU JAPON

non montées

273-274 — Quatre grands vases de famille rose.
275 — Grand vase en porcelaine de Chine.
276 — Deux potiches en porcelaine de Chine.
277 — Deux vases de la famille rose.
278 — Deux cornets en porcelaine du Japon.

PORCELAINES DE CHINE

montées

279 — Vase en céladon gaufré; monture en bronze.
280 — Deux vases de la famille verte; montures en bronze doré.
281 — Buire de la famille verte; monture en bronze.

BIJOUX ET ORFÈVRERIE

282 — Plaque d'or repoussé et émaillé : Saint Jean.
283 — Pendentif : Mouton en or et perle baroque.
284 — Triptyque en or gravé et émaillé.
285 — Cassolette en ivoire, garnie de plaques d'or.
286 — Bracelet en or.
287 — Cadran solaire avec boussole.
288 — Deux médaillons sur émail; groupes de fruits.
289 — Petite boîte en argent gravé et émaillé.
290 — Plaque en argent repoussé : Sacrifice.

291 — Médaillon en argent repoussé : la Visitation.
292 — Cassolette ouvrante en argent ciselé.
293 — Poignée de hanap en argent.
294 — Deux flambeaux hollandais en argent ciselé.

BRONZES D'ART

295 — Groupe Louis XIV : Apollon et Marsyas.
296 — Statuette : Apollon debout.
297-298 — Deux groupes : Antinoüs et Adonis.
299 — Deux groupes : Énée et Anchise, et Pluton et
    Proserpine.
300 — Deux statuettes : Vénus de Médicis et Anti-
    noüs.
301 — Groupe en bronze : l'Enlèvement d'Europe.
302 — Statuette en bronze : la Vénus de Médicis.

BRONZES D'AMEUBLEMENT

Pendules et Cartels

303 — Grande pendule Louis XIV, en bronze doré.
304 — Pendule œil-de-bœuf en bronze ciselé et doré.
305 — Grande pendule Louis XV.
306 — Pendule rocaille Louis XV, avec socle.
307 — Grand cartel Louis XVI.
308 — Cartel Louis XVI, en forme de vase.
309 — Grande pendule Louis XVI, émaux de Coteau.
310 — Grande pendule Louis XVI : Uranie.
311 — Pendule Louis XVI : la Liseuse.
312 — Pendule Louis XVI, forme lyre.
313 — Pendule Louis XVI, figure de génie ailé.
314 — Pendule Louis XVI : *le Baiser d'Houdon*.

315 — Pendule dorée Louis XVI : Amour et coq.
316 — Pendule Louis XVI, socle en marbre blanc.
317 — Pendule Louis XVI, en bronze ciselé et doré.

Lustres, Candélabres, Bras-Appliques
Chenets

318 — Lustre à six lumières, modèle Boulle.
319 — Lustre Louis XIV, à six branches.
320 — Deux bras Louis XVI, à deux branches.
321 — Deux appliques Louis XVI, à deux branches.
322 — Deux bras-appliques semblables.
323 — Deux candélabres Louis XVI ; femmes.
324 — Deux candélabres Louis XVI, figures d'enfants.
325 — Deux candélabres Louis XVI.
326 — Deux candélabres Louis XVI, vestales.
327 — Deux candélabres Louis XVI, enfants nus.
328 — Deux flambeaux Louis XIV.
329 — Deux petits chenets du temps de Louis XV.
330 — Deux chenets à cariatides d'enfants.
331 — Deux chenets Louis XVI, à vases et à galerie.

VASES ET DIVERS

332 — Deux bas-reliefs sans fond, figures de femmes.
333 — Deux appliques semblables.
334 — Deux vases Louis XV, à panse en marbre.
335 — Deux vases Louis XVI, marbre bleu turquin.
336 — Vase Médicis, Louis XVI.
337 — Garniture de cinq vases en labrador.
338 — Deux presse-papier, lévriers couchés.
339 — Cadre Louis XVI, modèle à grecque.

340 — Serrure Louis XVI, en bronze ciselé et doré.
341 — Deux lampes à trépied Louis XVI.

SCULPTURES

342 — TERRE CUITE PEINTE. Dame de qualité.
343 — MARBRE BLANC. La Vierge et l'Enfant Jésus.
344 à 347 — MARBRE BLANC. Quatre groupes d'enfants.
348 — MARBRE BLANC. Enfant nu sur un dauphin.
349 — CORNE D'APPEL. Triomphe d'Amphitrite.
350 — BUIS. Bas-relief : la Descente de croix.

MATIÈRES DURES

351 — PORPHYRE ROUGE ORIENTAL. Deux colonnes.
352 — PORPHYRE ROUGE ORIENTAL. Deux vases.
353 — PORPHYRE ROUGE ORIENTAL. Deux vases évidés.
354 — GRANIT ROSE ORIENTAL. Deux vases.
355 — GRANIT ROSE ORIENTAL. Deux colonnes.
356 — GRANIT ROSE ORIENTAL. Deux colonnes.
357 — GRANIT ROSE ORIENTAL. Deux fûts de colonne.
358 — SERPENTIN D'ÉGYPTE. Socle cylindrique.
359-360 — MARBRE JAUNE ANTIQUE. Quatre colonnes.

MEUBLES

DES ÉPOQUES LOUIS XIV, LOUIS XV ET LOUIS XVI

361 — Table en marqueterie de Boulle.
362 — Deux gaines en marqueterie de cuivre.
363 — Deux autres en marqueterie de Boulle.
364 — Glace dans un cadre Louis XIV.
365 — Miroir de toilette avec cadre Louis XIV.
366 — Baromètre-applique, marqueterie de cuivre.
367 — Table-console Louis XIV, en ébène.

368 — Pendule et socle en marqueterie de cuivre.
369 — Pendule en marqueterie de cuivre.
370 — Grande pendule en marqueterie de cuivre.
371 — Pendule à cage en écaille.
372 — Bureau à X en marqueterie de cuivre.
373 — Bureau à X analogue, plus petit.
374 — Console Louis XIV, en fer forgé.
375 — Deux consoles analogues.
376 — Deux coffrets plaqués d'écaille.
377 — Deux coffrets plus petits.
378 — Cabinet en laque noir du Japon.
379 — Secrétaire Louis XV, en marqueterie de bois.
380 — Commode Louis XV, signée : *Joseph.*
381 — Commode Louis XV, plaquée de bois.
382 — Commode Louis XV, signée : *Dorat.*
383 — Deux encoignures Louis XV, en laque noir.
384 — Table à jouer, en marqueterie de bois.
385 — Meuble d'entre-deux en acajou.
386 — Deux encoignures de Riesener, bois de rose.
387 — Meuble droit Louis XVI, en bois d'acajou.

MEUBLES EN BOIS DORÉ

388 — Console de suspension.
389 — Cadre en chêne sculpté et doré.
390 — Petit cadre carré.
391 — Table-console Louis XVI, bois sculpté et doré.
392 — Deux consoles demi-lune. Louis XVI.
393 — Baromètre-thermomètre-lyre Louis XVI.
394 — Deux gaines carrées en bois peint.
395 — Deux glaces Louis XVI, avec cadres en bois.
396 — Deux glaces analogues, mais plus petites.

SIÈGES

397 — Lit de repos.
398 — Deux fauteuils Louis XIV, en noyer sculpté.
399 — Meuble de salon Louis XVI, en tapisserie.

TAPISSERIES

400-401 — Deux tapisseries des Gobelins d'après
Audran, Flore et Zéphyre, et Atalante.
402 — Tapisserie de Beauvais : l'Enlèvement d'Europe.
403 à 408 — Suite de six tapisseries ; sujets maritimes d'après J. Vernet.
409 — Tableau de tapisserie : Femme de qualité.
410 — Écran de la Régence, tapisserie au point.
411 — Écran Louis XVI, garni d'une tapisserie.

ORDRE DES VACATIONS

PREMIÈRE VACATION *
Le Lundi 10 Mai 1886

Manuscrits et imprimés.	Nᵒˢ	123 à 131
Bijoux.	—	150 à 180
Matières précieuses.	—	181 à 191
Orfèvrerie	—	192 à 214
Horlogerie.	—	215 à 222
Triptyque	—	241

DEUXIÈME VACATION
Le Mardi 11 Mai 1886.

Sculptures en bois.	—	1 à 7
Sculptures en ivoire et en os.	—	15 à 33
Émaux champlevés.	—	53 à 63
Émaux de Limoges.	—	64 à 80
Faïences.	—	81 à 98
Verrerie arabe.	—	99 à 100
Verrerie de Venise.	—	101 à 106
Vitraux	—	107 à 114

TROISIÈME VACATION
Le Mercredi 12 Mai 1886

Sculptures en bois	—	8 à 14
Sculptures en marbre et autres.	—	34 à 52
Sceaux.	—	115 à 122
Armes et fers	—	132 à 149
Coffrets	—	223 à 228
Bronzes d'art.	—	229 à 240
Objets variés.	—	242 à 247
Meubles en bois sculpté	—	248 à 262
Tableaux.	—	263 à 264

* N. B. *L'ordre numérique ne sera pas suivi.*

QUATRIÈME VACATION

Le Jeudi 13 Mai 1886.

CINQUIÈME ET DERNIÈRE VACATION

Le Vendredi 14 Mai 1886.

PARIS. — IMPRIMERIE DE L'ART

E MÉNARD ET J. AUGRY, 41, RUE DE LA VICTOIRE